Die Haidebraut

August Stramm

Personen.

Maruschka.

Laszlo.

Laszlos Vater.

Maruschkas Eltern.

Die Haide.

Die Sterne klagen
Der Windhauch raunt
Wohcr? Wohin?
Du du? Ich Du?

Morgen.

In der Hütte. Durch Tür und Fenster leuchtet die Haide.

LASZLO. Du gehörst zu mir!

MARUSCHKA. Ich gehöre zu niemand!

LASZLO. Mein Recht!

MARUSCHKA. Du hast kein Recht!

LASZLO. Dein Wort!

MARUSCHKA *haucht.*

LASZLO *zieht das Messer.* Hüte dich!

MARUSCHKA *nimmt einen Feuerbrand vom Herd.* ... Komm her!

Maruschka nimmt die Milch vom Feuer und gießt sie um.

LASZLO. d e r holt dich nicht!

MARUSCHKA. Wenn ich nicht will!

LASZLO. Du w i r s t nicht wollen!

LASZLOS VATER *im Stuhl am Feuer.* ... Ihr änderts nicht!

MARUSCHKA *setzt dem Alten die Milch hin.* Du hast mir nie davon gesprochen ... vor wieviel Jahren ...?

LASZLOS VATER. Ich zähl sie nicht!

MARUSCHKA. ... Wars Sommer ... Winter ... gar nichts ... war Sonne ... Sturm ...

LASZLOS VATER *rückt den Pfeifenstummel aus den Zähnen.* ... Das wechselt oft ...

MARUSCHKA. Was war mein Kleid? ... was tat ich ...? lief ich ... sprach ich ...?

LASZLOS VATER *trinkt.* Kinder ... die nicht laufen ... nahm ich nie!

MARUSCHKA. ... Kinder ...

LASZLOS VATER *trinkt und setzt sich zurecht.*

MARUSCHKA *setzt sich und starrt ins Feuer.* ... Weißt du ... daß ich sein Kind bin ...?
LASZLOS VATER. Ich sah ihn nie!

MARUSCHKA. ... Du sahst ihn nie ...

LASZLOS VATER. ... Er sah das Zeichen über deiner Braue ...

MARUSCHKA *fährt mit der Hand langsam über die linke Augenbraue.*

LASZLOS VATER. d u mußt es wissen!

MARUSCHKA. ... Wer ... muß ...

LASZLOS VATER. Dein Blut!

MARUSCHKA *steht auf.* ... Mein Blut ...!? ... mein Blut ...?! und doch hast du mich ihm geraubt ...?!

LASZLOS VATER. ... Wir sind alle irgendwo geraubt ... alle ... und verlassen ...

MARUSCHKA. ...

LASZLOS VATER. Nicht alle finden ihren Vater wieder ...

MARUSCHKA. ... Er soll dich züchtigen!

LASZLOS VATER. ... Dein gütiger Vater ...
MARUSCHKA. ... Und darum hast du mich betrogen?!

Reißt eine Lassopeitsche von der Wand.

LASZLOS VATER. Ich hab dich hochgezogen! ... in der Haide!

MARUSCHKA *peitscht den Alten auf mit schweren Schlägen.* Betrogen ... betrogen ...!

LASZLOS VATER *hält den Arm vor und flieht humpelnd durch die Türe.*

Laszlo steht hohnlachend am Türpfosten.

MARUSCHKA. Du lachst ...?

LASZLO *den Pfeifenstummel zwischen den Zähnen.* ... Es schadt dem alten Hunde nichts! *Ergreift sie am Handgelenk und will sie an sich reißen.*

MARUSCHKA *windet sich kraftvoll los, springt zurück und hebt die Peitsche.*

LASZLO *greift lachend zum Messer.* ... Komm her!

Maruschka läßt die Peitsche langsam sinken. Atemloses Horchen.
Laszlo lacht kurz.

MARUSCHKA. Es reiten viele ...!

LASZLO. ... Er reitet nicht!

Maruschka wirft sich auf den Boden und horcht.
Laszlo macht eine Bewegung zu ihr.

MARUSCHKA *schnellt hoch.* Ich ... kenne diese Töne nicht!

LASZLO *grinst.* Es fährt!

MARUSCHKA. ... Es fährt ... n i c h t !

LASZLO. Sein Wagen braucht keine Pferde ...

MARUSCHKA. ... Keine Pferde ...

LASZLO. Ihn treibt etwas, ich weiß nicht was ...

MARUSCHKA. Du sahst es ...?

LASZLO. ... Ich sah es ... jenseits der Haide ... wo die großen Wege gehn ... weit ... in die Ferne ... zu den Kuppeln und Türmen ... zu den Lichtern in der Nacht ...

MARUSCHKA. ...

LASZLO. ... Es jagt ... und rattert ... und knattert und wirbelt ... *Lacht auf und wirft die Pfeife in die Ecke.*

Maruschka krampft die Hände.
Laszlo versenkt die Hände in die Taschen.

MARUSCHKA. ... Laß uns fliehen ...!

LASZLO *lacht auf und tritt zu ihr hin, weich.* ... Maruschka ...

MARUSCHKA *schlüpft an ihm vorbei.*

LASZLO *vertritt ihr die Tür.* Er kommt nicht bis her ... die Haide verschlingt ihn denn ... sein Wagen ist schwer ... er muß zu Fuß gehn wie ich und du ... er holt dich nicht! ...

MARUSCHKA. ... Er ... holt ... mich ... nicht ...

Ein Automobil hält keuchend in der Ferne.

LASZLO. ... Hörst du ... es rattert ... toll ... rrrrrrrr ... die Menschen dort ... sie haben nicht Morgen und Mittag und Abend nicht ... wenn die Sonne zeigt ... sie kennen einander nicht ... wild ... durcheinander ... der Himmel wölbt sich nicht ... immer nur in Fetzen ... Mauern ... Winkel ... Wege ... hart und voll Stein ... kreuz und quer ... du findst nicht durch!

MARUSCHKA *zittert am ganzen Leibe.* Vater ...

LASZLO *lacht in sich hinein und geht hinaus.* Er holt dich nicht!

Maruschka fährt hoch, schließt in wilder Hast die Tür und Fensterscheiben, schiebt Laden und Riegel vor, stürzt Schemel und Tisch dagegen, kauert nieder und stemmt sich krampfhaft gegen die Tür.

EIN PAAR SONNENSTRAHLEN *zittern durch Spalten.* ...

Es klopft.
Mittag.

Vor der Hütte. Das schwere Rohrdach winkelt auf die Erde. Hohe Fliederbüsche grünen die Mauern. Maisfelder glühen zur Haide.

DER VATER *klopft.* Dein Vater ...

MARUSCHKA *innen.* Ich kenne dich nicht!

DIE MUTTER *klopft.* Deine Mutter ...

MARUSCHKA. Ich kenne dich nicht!

DIE ELTERN. Du sollst uns kennenlernen!

DIE MUTTER. Mach auf!

MARUSCHKA. ... Dies ist mein Haus ...

DIE MUTTER. ... Dein ... Haus ...

MARUSCHKA. Ich habs gerichtet ... ich habs gedeckt ... geflickt ...

DIE MUTTER *schaut zum Dach.* Du hasts gedeckt ...

DER VATER *rüttelt am Pfosten.* Es hält nicht stand!

MARUSCHKA. Ich bin sicher hier vor Sturm und Wetter ...

DIE MUTTER. Bei uns nicht minder ...

DER VATER. Ich habe Schätze ...

MARUSCHKA. Ich mag die Schätze nicht!

DIE MUTTER. Ich liebe dich!

MARUSCHKA. Ich fürchte dich!

Laszlo sitzt auf der Brunnröhre, lacht hell auf,
nimmt eine Flinte vor und schießt in das Maisfeld.

DIE ELTERN. ...

MARUSCHKA. ... Laszlo!

LASZLO *kommt aus dem Feld und lacht.* ... Ein Weih!

Wirft den Vogel zu Boden und setzt sich wieder.

DER VATER *klopft.* Mara ...

DIE MUTTER *klopft.* Maria ...

LASZLO *ruft.* Maruschka!

MARUSCHKA. Nein!!!

DIE MUTTER *klopft.*

MARUSCHKA. Ihr wollt mich aus meiner Haide holen ...

DER VATER. ... Wir wollen dich in einen Garten führen!

MARUSCHKA. ... Was ist das ... einen Garten?!

DIE MUTTER. Ein Garten ...

DER VATER. Ein Garten ...

DIE MUTTER. Eine Haide ... mit hohen ... schattigen Bäumen ... mit Wiesen ... weich und kühl ... Blumen ... Rosen ... oh ... Blüten ... oh wundersame Düfte ...

MARUSCHKA. Meine Blumen duften auch ... ich will die euren nicht ...

DER VATER. ... Du sollst nur haben ... was du willst ...

MARUSCHKA. ... So will ich bleiben ...!

DIE MUTTER. ... Bleiben ...

MARUSCHKA. So bleibt i h r !

DIE MUTTER. ... Wir ...

DER VATER. ... Wir müssen zur Heimat ...

MARUSCHKA. ... Eure Heimat ...?!

DIE MUTTER. ... Unsere ... Heimat ...

MARUSCHKA. Meine Heimat ist die Haide!

DIE MUTTER. ... Die ... Haide ...

MARUSCHKA. So gehör ich nicht zu euch!
DER VATER. Du bist mein Fleisch!

DIE MUTTER. Du bist mein Blut!

MARUSCHKA. Ihr habt mich schlecht gehütet ...

DIE MUTTER. Wir haben dich gehütet ...

DIE ELTERN. Wie unsere Seele ...

MARUSCHKA. ... Was ist ... das ... unsere Seele ...?

DIE MUTTER. ... Was ... ist ...? was dich zu uns führt ...!

MARUSCHKA *schreit entsetzt auf.* ... Ich fürchte mich vor euch!

DIE ELTERN. Wir lieben dich! ...

MARUSCHKA. Ich fühle nichts ... ich fühle nichts ... ich fühle nichts für euch ... geht mir aus dem Wege ... aus dem Wege ... ich will die Haide sehn ...

Die Eltern treten zur Seite.

DER VATER. ... Du sollst sie sehen ... sooft du willst ...

MARUSCHKA. ... Sooft ...?! so will ich immer!
DIE MUTTER. ... Du wirst nicht wollen ...

DER VATER. ... Du wirst sie nicht missen ...

MARUSCHKA *schreit auf.* Ihr wollt mich zwingen ...!

DER VATER. Du wirst frei sein ... frei ...

MARUSCHKA. ... So muß ich mich meines Willens schämen ...!

DER VATER. Dein Wille ist unser Wille!

MARUSCHKA. Ihr werdet mich verachten ...

DER VATER. Du wirst geehrt!

DIE ELTERN. Du bist unser Kind!

MARUSCHKA. ... Hier bin ich geehrt ... und niemandes Kind ...

DIE MUTTER. ... Wir ... sind ... alle ... jemandes Kind ...

MARUSCHKA. ... Ich ... fühl ... mich ... so ... verlassen ..
.

Laszlo strafft hoch.

DIE MUTTER. ... Kind!

DER VATER. ... Öffne ...!

Laszlo krampft die Arme übereinander und wendet sich den Alten zu.

MARUSCHKA. Ich komme nicht!

DIE MUTTER. Du kommst!

MARUSCHKA. Nein ... nein!

Laszlo tritt drohend zu den Alten.

DER VATER. Wir zwingen dich nicht ...

MARUSCHKA. Solang ich lebe ... nicht!

DIE MUTTER. Du wirst erst leben ...

MARUSCHKA. Nein! ... nein!

DIE MUTTER. Frei kommst du ... frei ...

DER VATER. Wie du willst ...

MARUSCHKA. ... So will ich eine Spanne ... eine kleine Spanne Zeit ...

DER VATER. Du magst sie haben ... solang du willst ...

MARUSCHKA. Bis zur Nacht ...

DER VATER. So kurz?!

DIE MUTTER. So lang?!

MARUSCHKA. Bis zur Nacht!

DER VATER. Bis zur Nacht!

DIE MUTTER. Nun öffne ...

MARUSCHKA. ...

DER VATER. Nun öffne ...! ...

LASZLO. Maruschka! ... öffne! ...

Maruschka öffnet.
Maruschka steht unbeweglich starr aufgerichtet in der Tür.

*Weißstrahlige Wolken türmen über den Himmel und jagen krasse
Schatten über die Haide.*

Die Eltern stehen Maruschka starr gegenüber.

DIE MUTTER *geht mit ausgebreiteten Armen auf sie zu und
umschlingt sie.* ... Mein ... Kind!

MARUSCHKA *mit entsetzendurchbebter Stimme.* ... Laszlo!

Laszlo ergreift ihre Hand und entreißt sie den Eltern wild.

Maruschka sinkt erschöpft an ihn.

Abend.

*Die Pferdekoppel. Erlen am Weiher. Schwere sonnenglühe Wolken
grauen fahl.*

MARUSCHKA *lehnt erschöpft an der Koppeleinfassung und atmet
schwer.* Ich habe die Haide durchjagt ...

MARUSCHKA *reckt verzweifelt die Arme.* ... Mauern ... *Blickt zu den
Wolken.* ... dort ... dort ...

LASZLO *die Hände in den Taschen und die Pfeife zwischen den
Zähnen.* Wolken ...

Maruschka fällt in die Knie und schlägt die Hände vors Gesicht.

LASZLO *tritt zu ihr hin und beugt sich über sie.* ... Maruschka ... i c h
bin hier!

Maruschka nimmt die Hände vom Gesicht und starrt zu ihm auf.

LASZLO *schleudert die Pfeife weg, greift ihr mit der Faust ins Haar, beugt ihren Kopf nach rückwärts und küßt sie wild.* Ich ... bin ... bei ... dir! ich ...!

MARUSCHKA *küßt ihn wieder mit wahnsinniger Glut.* Laszlo!

LASZLO. Du liebst mich ... du liebst mich ... du liebst mich doch ... ich weiß es ... ich wußte es ...

MARUSCHKA *läßt ihn plötzlich los und starrt erschrocken um sich.* Ich liebe dich ... dich ... ja ... nein ... die Haide ... doch ... ich liebe d i c h... dich ... dich ... d i c h allein ... *Bäumt sich gegen Unsichtbares und schreit in furchtbarer Angst.* ... und ich liebe doch etwas ganz anderes ... Entsetzliches ... ich verstehe nicht ... ich geh zu Grunde ... ich ...

LASZLO. Warum quälst du dich ...? ... du bist frei ... ganz frei ... er holt dich nicht ... wenn du nicht willst ...

MARUSCHKA *schreit auf.* Und ich will nicht ... nein ... ich will nicht ... niemals will ich wollen ... oh ...

MARUSCKA. ...

LASZLO. Heuschrecken!

MARUSCHKA *lacht gezwungen und sucht sich gewaltsam zu beruhigen.* ... Ich erschrecke ... die Luft sticht so ... nicht ... sie sticht ... nicht wahr?! ... Laszlo ...

LASZLO. Sie ist weich und warm!

MARUSCHKA. Nein ... nein ... ja ... doch ... Laszlo ... ja ... es lügt mich alles an ...! ... die Halme ... die Halme ... sieh ... es saust ... und rauscht ... sonst ... es rührt sich nicht ... der Quell ... *Sie beugt sich.* ... er spiegelt nicht ... der Himmel ... sieh ... starr ... stumm ... sie sprachen sonst ... die Wolken ... oh ... *Sie kauert nieder und verhüllt ihr Gesicht.*

LASZLO. Ein Wetter kommt ... wie alle Tage ...!

Staubarme spannen zu den Wolken; die Haide blaßt.

MARUSCHKA *schaut auf.* ... Alle ... so sah ichs nie! ... ich bin nicht mehr ... Laszlo ...

LASZLO *beugt sich über sie und hebt sie hoch.* Maruschka!

Maruschka erhebt sich und schaut nach allen Seiten über die Haide; ihr Blick bleibt auf dem Wasserspiegel haften.

MARUSCHKA *drängt sich an Laszlo, flüstert in höchster entsetzter Angst.* ... Laszlo ... das Wasser ... Laszlo ... dunkel ... das Auge ... wessen ... wessen? ... mein Vater! ... tief ... unermeßlich ... so dunkel ... klar ... die ganze Haide leuchtet darin ... und ...

MARUSCHKA *hetzt zum Weiher, greift den Erlenbusch und beugt sich über den Wasserspiegel.* ... Wo ist ... meine Heimat ...?

Laszlo springt ihr nach, greift sie und reißt sie roh zurück auf den festen Boden, daß sie hinschlägt.

LASZLO *packt sie grausam wild an Haar und Schulter.* ... Du bist
wahnsinnig ...

MARUSCHKA *erstarrt unter seinem Griff.* Ich komm nicht los ...

LASZLO. Ich laß dich nicht ...

MARUSCHKA. ... Ich komme nicht los! ... ich liebe dich ...

LASZLO *zerrt sie wild hin und her.* ... Ich halte dich ... ich hasse dich ...
ich knechte dich ...

MARUSCHKA *schlägt die Arme zu ihm auf und reißt seinen Kopf zu
sich herunter.* ... Ich ... liebe dich ... ich liebe dich ... du Wilder ... du
Grausamer ... ja ... verlaß mich nicht!

Maruschka hebt sich an Laszlo hoch.

LASZLO *läßt sie frei.* Wir gehören zusammen ...

MARUSCHKA *kämmt mit den Händen ihr Haar und erstarrt in der
Bewegung.* ... Er.. wird ... kommen und mich ansehn ...

LASZLO. Er wird dich n i c h t ansehn!

MARUSCHKA. ... Er wird ... er hat so große Macht ... fliehn ...?

LASZLO. Du brauchst nicht fliehn ...

MARUSCHKA. ... Fliehn ...

LASZLO. ... Ich ... werde ... ihn ... töten!

MARUSCHKA. ...

LASZLO. Ich töte ihn!

MARUSCHKA. ...

LASZLO. Ich ...

MARUSCHKA *faßt ihn an und schüttelt ihn unter wildem Gelächter.* Laszlo... Laszlo... du wirst ... Laszlo ... du wirst ihn n i c h t töten ... nein ... nein ... nein ... du wirst i h n n i c h t töten ...!

LASZLO *schüttelt sie ab.* Weib!

Maruschka hält plötzlich inne und lauscht.
Staubwolken schrillen über die Haide.

MARUSCHKA. ... Die ... Haide schreit ...! *Mit plötzlicher Aufraffung.* ... ich töte ihn! ... ich töte ihn! ... ich ...!!!

Maruschka ergreift Laszlos Arm und jagt mit ihm davon.
Nacht.
In der Hütte. Das Herdfeuer ist erloschen. Fensterläden und Tür sind geschlossen. Eine Öllampe flackt vom Lehmherd.
Maruschka und Laszlo graben vor dem Herd ein mannlanges Loch.
Maruschka hält ein und starrt auf den Spaten gestützt ins Leere.

Laszlo hält inne und starrt auf Maruschka.

Laszlo zieht einen kleinen Haidebusch aus dem Brustlatz und reicht ihn ihr hin.

MARUSCHKA. ...

LASZLO. Gegen den Blick!

Maruschka ergreift den Busch hastig, nestelt und gräbt weiter.

MARUSCHKA. ... Wo ... ist ...? ...

LASZLO. ... Der Alte ...? ... die Haide ist weit!

MARUSCHKA UND LASZLO *graben.*

LASZLO *springt in die Grube, die ihm bis zur Brust reicht.*

Laszlo dreht sich darin um und klettert wieder raus.
Laszlo lacht kurz hämisch.

MARUSCHKA. ... Regnets noch?

LASZLO *geht zur Tür und öffnet einen Spalt.*

Laszlo horcht und schleicht lautlos zurück.

MARUSCHKA *wirft den Spaten fort.*

LASZLO *gibt ihr lachend das Messer.*

Maruschka ergreift es hastig und steckt es zu sich.
Die Tür bewegt sich.

MARUSCHKA. ...

LASZLO *geht zur Tür und legt sie an.* ... Der Wind ...

Maruschka kauert im entferntesten Winkel der Hütte.

LASZLO. ...

MARUSCHKA. ... Es ... weht ... aus ... der Erde!

LASZLO. ... Du wirst es nicht können!

MARUSCHKA *schauernd.* ... Ich ... ich ... *Schreit auf.* ... mich graut ...

LASZLO. Alle graut!

MARUSCHKA *stützt den Kopf.* ... Und wieder fort ... wo ich so glücklich
bin ...?! ...

LASZLO. ... Du mußt nicht fort!

MARUSCHKA. ...

LASZLO. Maruschka!

MARUSCHKA *schreit auf.* Ich muß!!! ich muß!!!

LASZLO. Er s o l l fort!!!

MARUSCHKA. Fort ...!! fort ...!! ... er k a n n n i e fort!

LASZLO *entreißt ihr den Dolch.*

MARUSCHKA *ringt mit ihm.*

LASZLO *schleudert sie in die Ecke.*

MARUSCHKA. Töte m i c h !!! ... töte m i c h !!! ... du kannst ihn nicht töten!!!
LASZLO *prüft lachend die Schneide des Dolches.*

MARUSCHKA. Er lebt nicht dort!!! ... er lebt nicht dort!!! ... hier!!! ... dahin den Dolch!!! ... dahin ...!!! *Sie reißt ihr Tuch von der Brust.* du jagst ihn nicht mehr raus!!

LASZLO *springt auf sie zu und küßt wild ihre nackte Brust.*

MARUSCHKA *stößt ihn zurück und entwindet sich ihm. ... Erstarrendes Horchen. ...*

LASZLO *schleicht zum Fenster und späht durch den Spalt.*

Laszlo springt zurück und faßt das Messer.

MARUSCHKA *atmend. ... Er ... geht ... er ... geht ... Schritte streifen die Außenwand der Hütte.*

MARUSCHKA *sinkt in sich zusammen, am ganzen   Leibe zitternd. ...*

LASZLO *in heißem Hauche.* Maruschka ... liebst du mich?!

MARUSCHKA *stammelnd.* Ja ... ja ... ja ...

Es klopft.

LASZLO *löscht die Lampe und steht sprungbereit.*

Es klopft.

MARUSCHKA *schreit auf.* ... Ja ... ja ...!!!

Die Tür ruckt auf, undurchdringliche Finsternis gähnt herein.
Schweigen.
Ein schwachhallender Donner, dann erleuchtet ein Blitz die Haide taghell.
Wetterleuchten von allen Seiten.

DER VATER *in einen weiten Mantel gehüllt, steht in der Tür und breitet die Arme gegen Maruschka.*

LASZLO *stürzt auf ihn los.*

MARUSCHKA *schnellt hoch und fällt ihm in den Arm.*

Ein kurzes Ringen.
Maruschka entwindet Laszlo den Dolch und jagt ihn ihm in die Brust.

LASZLO *fällt in kurzem Sprung ohne einen Laut vornüber.*

DER VATER *tritt ein.*

MARUSCHKA *starr aufgerichtet.*

Der Vater will zu Laszlo treten, sein Blick bleibt an dem Grabe haften.

DER VATER *wendet sich um zu Maruschka und schaut sie an.*

MARUSCHKA *bricht lautlos zusammen.*

Der neue Tag.
Neben der Hütte umzäunte Obstbäume. Gemüse-und Blumenbeete.
Ein Holzfeuer glimmt auf der Erde. Morgendämmerung in der Haide.
Lerchen trillern in der Ferne.
Eine Lerche schlägt in der Nähe laut an und steigt.

MARUSCHKA *auf der Bank an der Hütte fährt auf. ... Wer ... wer ist tot?! ... ich ... ich ... wer bin ich?! ... Sie legt die Hand vor die Stirn und starrt in die Haide.*

DER VATER *steht neben ihr und legt ihr die Hand auf die Schulter.*

MARUSCHKA. ... Die Haide ...?! ... ich sehe sie nicht ... *Schreit auf.* ... Feuer!!! schleudert Feuer in sie ...!

DER VATER. Ruhig ... ruhig ... mein Kind! ... es wird Tag!

Der Himmel lichtet.

MARUSCHKA *schrickt zusammen und kauert auf der Bank.* ... Wer bist du? ... wer spricht ...? ... ich kenne dich nicht ...

DER VATER. ... Ich habe dich gesucht ... gesucht ... ich bin gewandert ...

MARUSCHKA. ... Ich verstehe dich nicht! ... ich kann dich nicht verstehen ... wer bist du ...?

DER VATER. ... Sieh mich an ...

MARUSCHKA *schrickt zusammen und hebt den Blick zu ihm.*

Eine Sternschnuppe gleitet nieder und erstirbt.
Maruschka verhüllt wimmernd ihr Gesicht im Rock.

DER VATER. ... Mein ... Kind!

Maruschka läßt die Hände fallen, erhebt sich und starrt in die Haide,
wo die Sternschnuppe fiel.

Der Wind spielt in ihrem aufgelösten Haar und in den Sträuchern und Blättern der Haide.

MARUSCHKA. ... Vom Himmel ... zur Haide ...

Ein Weißer Nebelstreif steigt hoch und sinkt.

MARUSCHKA *wirft sich wild aufschluchzend in das Gras und küßt die Blumen.* ... Perlen ... Tränen ... ... Tränen ... sie weinen ... weinen ...

DER VATER *immer neben ihr, über sie gebeugt.* ... Der Tau bringt neues Leben ...

MARUSCHKA *kriecht von Blume zu Blume und küßt sie.* ... Leben ... weinen ... leben ... wo ist die Heimat?

DER VATER. ... Der Streifen dort ...? ... weit ... weit ... der große Wald ... das rauscht ... und rauscht ... unermeßliches Leben ... darin ein Haus ... ein Turm darüber ... weithin kannst du blicken in die Fernen ... Haiden schaust du ... und Wald ... Wald ... Wasser fließen ... fließen ... Winde wehn ... stürmen ...

MARUSCHKA. Was soll der Turm ...?! ...

DER VATER. ... Ich habe ausgeschaut ... von dort ... nach dir ... und nach den Sternen nachts ... die mir von dir erzählten ...

MARUSCHKA *horcht auf.* ... Die Sterne erzählen dir? ...

DER VATER. Ich kann in ihnen lesen ...

MARUSCHKA *hebt sich in die Knie.* Ich auch ... ich auch ... sie sprachen oft zu mir ...

DER VATER. ... Nun schau ... wir reden e i n e Sprache ...

Der Vater will die Hand auf ihre Schulter legen.
Maruschka beugt sich angstvoll zurück und streckt die Hände gegen ihn.

DER VATER. ... Fürchte nicht ... wo du bist ... ist auch deine Haide!

MARUSCHKA *in Entsetzen ohne Atem und Stimme.* ... Was treibt dich zu mir hin?!
DER VATER. Wir gehören zusammen ...

MARUSCHKA. Ich weiß nichts!

DER VATER. ... Wir wissen alle nichts ...

Er legt die Hand auf ihre Schulter.

MARUSCHKA *in tiefstem Grauen.* ... Du ... du mordest mich ...

DER VATER. Mutter schmückt das Heim ... sie weiß ... du kommst ...! ...

MARUSCHKA *springt wild auf.* ... Licht ... Licht!!! ... Licht!! ... wo ist meine Haide??!!!

MARUSCHKA *springt zu dem glimmenden Feuer, reißt einen Feuerbrand aus der Glut und schleudert ihn in das Dach der Hütte.* ... Licht will ich haben ... Licht!!! ... Licht!!!

Die Hütte flammt kurz auf.

Die Sonne zerflutet die Nebel.

MARUSCHKA *deckt geblendet die Augen.* ... Oh ...

Dunkle Rauchwolken hinter der schnell zusammenknatternden Hütte matten die Sonne zur fahlroten Scheibe.

MARUSCHKA *nimmt die Hände von den Augen.* ... Ich ... seh ... keinen ... Weg ... mehr ...! ... keinen ...

DER VATER *tritt zu ihr hin.* ... Kind! ...

Die Haide ein dunkler Schattenriß im Himmelsfahl.

MARUSCHKA. Oh ... meine Haide ...! ...

DER VATER. ... Gib mir deine Hand ...!

MARUSCHKA *gibt ihm die Hand.* ... Die Haide stirbt! ...

DER VATER. ... Auf ihr ... Schritt für Schritt ... langsam ... ich bringe dich heim ... schau nicht zurück! ... vor dir liegt der Weg ... dort ... wird wieder Licht ... die Sonne ... du wirst im Lichte sehn ...!!! ... im Lichte ...!!!